8° Y²
22605
ŒUVRES de
Georges COURTELINE
Ah!
Jeunesse !...
PAR
Georges Courteline
ALBIN MICHEL, Éditeur
59, RUE DES MATHURINS, PARIS

Ah Jeunesse!

PAR

GEORGES COURTELINE

Illustrations de L. Bombled, Albert Guillaume et Barrère

PARIS
ALBIN MICHEL, EDITEUR
59, RUE DES MATHURINS

I

— Ah ! oui, elle est bête, la jeunesse ! fit notre ami le gros Claudio une pointe d'impatience dans la voix. Bête !... qui le saurait dire, à quel point la jeunesse est bête, quand elle s'y met ? Ma parole d'honneur, il y a des moments, lorsque je revis mon passé, où me remonte en rouge, à la face, la rage d'avoir été si sot, et si niais, et si stupidement crédule, et si grossièrement godiche ! La la ! si c'était à refaire...

Il n'acheva pas.

Il s'en remit à un demi-rire du soin de compléter sa pensée.

En même temps, du fourneau de sa pipe tapée au bord de sa soucoupe, tombait un petit volcan de tabac qui se mit à chasser vers le ciel de lentes volutes bleu acier.

— Tenez, reprit-il ; parmi mes souvenirs de gamin, il y en a un surtout... Ah ! Dieu ! C'est à le faire monter en épingle ! J'achevais ma rhétorique au lycée Condorcet, lequel, comme l'a dit de Napoléon l'excellent Joseph Prudhomme, n'était encore que Bonaparte. J'y avais pour voisin de banc un certain Robert Lécuyer, très gentil garçon, d'une cancrerie touchante, de qui le père, faiseur célèbre, dirigeait les Folies-Modernes, dans la rue du Faubourg-Saint-Denis : une façon de théâtricule où triomphait le vaudeville à couplets et la revue de fin d'année. Ne cherchez pas, jeunes gens ; vous n'avez pas connu. Je vous parle de trente ans, moi ; et vous sommeilliez encore au cœur du chou maternel, que le père Lécuyer était déjà au bagne pour banqueroute frauduleuse.

Quelle vieille pratique, ce père Lécuyer ! Quelle canaille !

Maître escroc, professeur de vol, forban notoire et menteur émérite, il menait une vie fantastique, qu'équilibrait tant bien que mal un pilotis enchevêtré de rapines et de tripotages. Car tout lui était bon, tout! depuis le grotesque grattage exécuté sur le grand livre avec un couteau à huîtres, jusqu'au vol d'une pièce de deux sous habilement pêchée au passage, dans la sébille d'un aveugle.

Il atteignait à ce sommun du malpropre où l'indignation désarme, découragée, mais surtout il excellait, comparablement à pas un, dans le bel art d'exploiter les femmes.

Là, il devenait presque grandiose.

Il avait recueilli de droite et de gauche un escadron de belles filles dont il payait royalement les services sur le pied de onze sous par jour, et qu'il ahurissait d'amendes : des deux et trois cents francs par mois ; cent sous pour une sortie en retard ; dix francs pour une entrée manquée, un louis pour une grimace lancée au régisseur ou un sourire jeté du coin de la lèvre à un spectateur de la salle. Et allez donc ! La traite des blanches quoi, dans toute son impudicité.

Si je vous disais qu'il versait, à quiconque flanquait une amende, une commission de 5 p. 100! Hein! ça a l'air d'une plaisanterie ? Pourtant, rien n'est plus exact, à telle enseigne que le régisseur se faisait de son propre aveu, quinze cents francs par an, rien que de guelte!

Jugez par là de ce que devaient être les profits du père Lécuyer..

Tout de même, il les encaissait, ces petits profits ; il les encaissait grave et serein. Et quand il s'élevait la voix d'un tiers apitoyé, intervenant d'un ton de reproche :

— Lécuyer !...

Lui...

— Qu'est-ce que ça peut leur faire ? C'est les gigolos qui casquent.

Ainsi parlait ce bon vieillard, avec une figure suant à ce point l'ingénuité et le cynisme, qu'on ne savait plus exactement si on devait plutôt la couvrir de baisers ou de crachats.

Quel gredin ! mon Dieu, quel gredin !

Bon homme comme tout, avec ça.

Mon amitié pour son fils m'avait valu ses bonnes grâces, en sorte qu'il me dit un jour :

— Garçon, si les coulisses de mon humble bouiboui étaient pour vous de quelque attrait, il ne faudrait pas vous gêner.

Les coulisses !...

J'avais dix-sept ans, j'en portais haut la main quatorze, et je doute si ma sœur Lucienne, ma cadette de dix-huit mois, était, plus que moi, jeune fille...

J'acceptai avec empressement et y fis mon entrée le soir même.

II

Outre le double et étroit sentier gercé de périlleuses costières, qui enfermait la scène sur chacun de ses flancs, les coulisses du père Lécuyer se composaient d'un labyrinthe de couloirs zigzaguant en d'éternelles ombres, et du foyer des artistes, boyau en contre-haut de deux marches, dont un miroir déchiré de paraphes soulignait, en la reflétant, l'abominable malpropreté. Là, chaque soir, de neuf heures à minuit, se déversait le trop-plein des cintres : en corsages de gaze, en bras nus, en turbulences de gamines dissipées. Tout ce petit monde entrait, sortait, pépiait, voletait, esquissait des jetés, grimaçait à la glace, répondait de loin : « Et ta sœur ? » aux incessants « Noun dou Diou ! » d'un maître de ballet italien ; tandis que de toutes ces jambes — les unes aux troublantes ampleurs ; d'autres plus frêles, d'une telle gracilité, parfois, qu'elles étaient comme les pistils de vastes lys renversés — je tachais à garer de mon mieux mes jambes de potache craintif.

Il est de ces timidités, véritables infirmités de l'âme, que l'on sent être sans remède et dont on n'a plus qu'à se désespérer en silence ainsi que de l'humiliation d'une difformité physique : un éléphantiasis des lèvres ou une couenne de lard sur le nez.

Telle la mienne.

Ce que j'ai souffert, en ce foyer !

Car ces demoiselles, visiblement, me prenaient pour un phénomène. Intriguées et vaguement inquiètes, elles se désignaient du coin de l'œil cet obstiné et mystérieux visiteur, poli, joli, bien peigné, dont on ne connaissait ni le nom ni la voix, qui passait des soirées entières à ramper d'un angle de murs à une embrasure de porte. Mais deux, surtout, m'exaspéraient par leur air de se moquer de moi, leur façon de pincer les lèvres sur des fous rires qui se contenaient. Leur discrétion dans la raillerie m'était devenue insupportable au point que, les nerfs s'en mêlant, j'en étais arrivé — oserais-je le dire ? — à souhaiter QU'ELLES MOURUSSENT !!! Oui, pas plus que ça ! on m'eût offert de me vendre leur disparition, que je l'eusse achetée de mon âme, à l'instant même, sans en marchander les moyens.

Pauvres enfants !

Et tout cela parce que l'audace me manquait de leur mettre la main au derrière.

Vous me direz :

— Quand on est aussi bête que ça, on reste chez soi ; c'est bien simple.

Oui, mais quand on est amoureux ?

Et je l'étais.

Du reste. il faut dire une chose : il y avait de quoi.

Mlle Mariannet, la commère de la revue alors en représentation sur la scène des Folies-Modernes, était une admirable personne au dur visage de Junon que paraient deux yeux inquiétants, de ces yeux myopes qui furètent sans cesse, cherchent on ne sait quoi autour d'eux, semblent perpétuellement en quête de quelque mal nouveau à faire. Certes elle n'était pas trop grande, mais combien elle l'était assez et qu'elle s'était arrêtée à temps, bonté divine !... qu'elle s'était arrêtée à temps!

Pourtant elle avait eu cet esprit; en sorte que, de ses bras nus et gonflés de robuste jeunesse, de ses jambes que proclamait, avec l'intention de les taire, une mousseline constellée d'étoiles, et de ses reins, et de ses hanches, et de tout, enfin, ce qui était elle, surgissait la Beauté elle-même, dans le resplendissement auguste de son triomphe. Ah ! c'est un fait ; pour un novice je n'avais pas raté le coche ; j'avais mis dans le mille tout de suite.

Quant à en avoir soufflé mot... Incapable, vous pensez bien..

Non ; mon âme avait son secret, ma vie avait son mystère, telles l'âme et la vie du bonhomme d'Arvers au début du sonnet illustre. Ver de terre amoureux d'une étoile d'opérette, je vivais en l'ivresse immense de la voir, la détresse de ne la voir plus, l'anxiété de la revoir encore, et le délicieux soulagement, où se délassait tout mon être, à remettre enfin la main dessus.

III

L'amour, c'est l'idée qu'on s'en fait ; chacun le pratique à sa manière, au prorata des mérites qu'il lui prête et de l'estime dont il l'honore. Vous êtes, vous, d'une génération qui est peut-être dans le vrai en le tenant quantité négligeable ; moi, je ne l'admets qu'imbécile à force d'être sentimental.

Je suis homme, quand l'amour me prend, à acheter une mandoline et à en jouer des airs sous la fenêtre de la bien-aimée.

Et ceci à quarante-sept ans !... et avec la gueule que j'ai !

C'est vous dire si Mlle Mariannet trouva des fois, à son nom, chez le concierge du théâtre, des poésies signées X...

A part ça, rien du tout, d'ailleurs, — que mes reculs éblouis devant elle comme devant le Saint-Sacrement lorsqu'elle traversait le foyer, et mes regards qui la suivaient de loin, accrochés à la traîne promenée de sa tunique dont ils devenaient en quelque sorte l'invisible prolongement.

Ça pouvait durer longtemps.

Mais les femmes sont tellement l'Amour qu'elles dépisteraient un soupirant sous la dalle scellée d'une tombe.

Il arriva qu'un soir, Mlle Mariannet, au moment

où je m'y attendais le moins, fit devant moi une brusque halte.

Elle avança vers mon visage les minces à-jour de ses cils presque clos, et :

— Qu'est-ce qu'il a donc, ce petit, fit-elle, à me regarder comme ça, tout le temps, avec des yeux de merlan frit ?

J'eus l'impression que, soudain, le sang de mes veines tournait en huile.

Le sol, sous mes pieds, fléchit.

— Moi ? balbutiai-je éperdu ; moi ?

Elle poursuivit :

— Bien sûr, vous. Non, mais il est rigolo, ce gosse ; je n'ai pas vu son petit manège, peut-être.

Autour de nous des gens riaient. L'épouvante du ridicule me donna des témérités.

— Et quand même ? ripostai-je dressé sur mes ergots. Si je suis amoureux de vous, moi ?

— Amoureux !...

— Oui, amoureux. Vous êtes assez belle fille pour ça. Et puis quoi : je ne suis pas le seul, je pense.

— Oh ! dit Mlle Mariannet, vous pouvez même en être sûr.

Elle dit, et, ouvrant l'écrin qu'était sa bouche sur

les perles qui étaient ses dents, elle se mit à rire, mais à rire !...

Moi ?... le seul amoureux qu'elle eût ?...

L'hypothèse lui apparaissait si bouffonne, si bizarre, si imprévue, qu'elle la jugeait la plus réjouissante du monde et qu'elle en riait à pleines lèvres, d'un rire de mâle où hurlaient de monstrueux atavismes, des gaîtés de garçon boucher, toute l'écume du sang de rustre qui lui courait sous la peau en petites couleuvres azurées. Même, à la fin, ça devenait insultant, ces éclats jetés comme des noms à mon ingénuité jalouse. Je vis le moment où j'allais perdre patience et lui lancer : « — Taisez-vous donc ; vous m'exaspérez, mademoiselle. Si vous traînez après vos jupes des régiments de chiens en rut, ayez la pudeur de le taire. » Une chose m'en empêcha ; la survenue de l'avertisseur, qui, de la porte, braillait dans le porte-voix de ses mains :

— En scène, la commère !... en scène !

— Voilà ! cria Mlle Mariannet.

Déjà elle était envolée. J'éprouvai, à ne l'avoir plus là, je ne sais quel sentiment complexe, fait d'allègement et de regret, et je rentrai chez moi plein de trouble. Mais le lendemain, comme je débarquais au foyer des artistes, je l'y trouvais toute seule, les reins creusés, les coudes hauts, occupée à se lisser les tempes devant la glace.

— Ah ! fit-elle sans se retourner, voilà mon petit amoureux.

— Bonsoir, dis-je

— Ça va bien ?.

— Et vous ?

Je compris que nous étions amis

Gentiment nous nous sourîmes ; et aussitôt, fidèlement, le même miroir où se reflétaient nos deux têtes, renvoya à chacun de nous le sourire qui lui était dû.

IV

L'âme des jeunes hommes est une fleur, comme en est une le corps des jeunes femmes.

Jeunes lèvres contre jeunes lèvres, avec ça on fait un bouquet.

Nous eûmes, Mlle Mariannet et moi, des amours de fille à enfant, délicieuses, pleines chez elle de gentillesses gamines, chez moi de ces gâteries d'aïeul où se complaisent et se satisfont les tendresses vraiment délicates Grâce aux misérables vingt sous qu'en se saignant aux quatre veines me donnait ma pauvre maman pour mes plaisirs de la journée, je trouvais le moyen — ô ingéniosité ! — de la bourrer de chatteries, d'avoir toujours les poches pleines d'une confusion de sucreries empoissée, sur lesquelles elle s'élançait avec une voracité affamée. Car les filles ont ce côté charmant : leur égalité d'enthousiasme devant le cadeau quel qu'il soit; leur pareille exclamation de joie pour une victoria à quatre ou pour un cornet de berlingots.

A cet égard, Mlle Mariannet ne laissait rien à désirer.

Même répétition tous les soirs.

J'arrivais.

Elle :

— Mes bonbons ?

Moi, faisant la bête :

— Vos bonbons ! Quels bonbons ? Je ne sais ce que vous voulez dire, je n'ai point de bonbons pour vous, moi.

Alors, elle se faisait câline, elle avait les rires complaisants d'une personne qui sait qu'on plaisante, prend en bonne part la plaisanterie et montre, n'ignorant point qu'elle en sera récompensée, comme elle a un bon caractère.

Et le courage me manquait de lui tenir longtemps rigueur ; je les lui donnais, ses bonbons ; mais combien parcimonieusement ! diraient nos messieurs d'aujourd'hui.

Je les arrachais de leur enveloppe avec les efforts les mieux joués et je les lui offrais un à un, riant de voir s'allumer en ses yeux les convoitises d'un bébé à qui on donne ses étrennes, et tressaillir d'aise, sous la jupe, la croupe superbe de cette grande bringue, moitié chatte, moitié jument.

Tenez, j'ai encore dans l'oreille l'écho du cri de joie qu'elle poussa pour une pipe de sucre rouge ; de la voix pénétrée dont elle me dit : « Merci ! » un soir où je lui avais donné, liés avec une faveur tendre, un paquet de minuscules journaux enveloppant du chocolat.

Quelle gosse !

Elle était de celles qui, arrivées à l'âge de la première communion, y demeurent et s'y cramponnent, ayant accompli en entier le cycle de leur évolution intellectuelle.

Elles sont quelques-unes comme ça.

Lestées à onze ans, une fois pour toutes, du bagage d'expérience qui doit les mener jusqu'à la mort, elles se balladent, le front haut, à travers une vie imbécile, hérissée de banalités comme la conversation d'un garçon coiffeur, où grouillent confusément le stupide préjugé, la susceptibilité sotte, la rage de parler sans savoir, l'attendrissement à propos de tout, excepté bien entendu, de ce qui en mérite la peine, et la même passion fatale pour tout ce qui est sucrerie, maiserie, ou toréador.

Belles têtes, certes ; oh ! très belles têtes !... mais de cervelles, aucunement.

Oui, elles sont comme ça quelques-unes.

La vérité me force pourtant à le dire : au régiment des perruches, Mlle Mariannet eût pu être tambour-major.

Sa taille le lui eût permis, et aussi l'insondable point de profondeur où atteignait sa puérilité.

Elle ne fut jamais ma maîtresse.

Pourquoi ? je n'en sais rien, car je l'eusse voulue

que, mon Dieu, je n'eusse eu que la peine de la prendre.

Mais qui saura jamais chanter en vers suffisamment pompeux les puretés du premier amour et ses humilités exquises ?

J'aimais Mlle Mariannet à la façon de ces vieux maniaques qui, volontiers, s'iraient tous les jours pâmer d'aise devant la vierge de Murillo et que l'idée de l'avoir à eux ferait sourire d'incrédulité. Le jour où je poussai l'audace jusqu'à l'appeler « Marthe » tout court, je pensai que je la possédais, et j'eus un instant, devant les yeux, le voile embrouillassé du spasme.

En fait, mes espérances flottaient dans un halo, imprécises, informulables.

Elles pataugeaient en de vagues visions, d'une candeur à faire frémir : évocations de tête-à-tête à l'abri des regards indiscrets, suppositions de longues promenades sous l'ombre des forêts touffues, pleines de fraîcheurs et d'oiseaux ; tout le déchaînement de folles chimères qui font les jeunes gens idiots et par conséquent délicieux.

Mais surtout une idée fixe me hantait : l'inviter à déjeuner !

Où ?

Avec quel argent ?

Problème !... que je ne me posais même pas, en ma belle confiance de gamin qui risque le tout pour le tout, joue à faire l'homme, se donne les allures cousues d'or du monsieur qui régale les dames et se lance à corps perdu dans de platoniques largesses.

Et tout le temps j'en revenais là :

— Venez déjeuner avec moi, Marthe ! Hein, voulez-vous venir déjeuner avec moi ? Cela me ferait tant de plaisir !

Elle riait :

— Mais non ! mais non !

Et j'insistais :

— Mais si ! mais si !

Pauvre nigaud grisé du besoin d'épater et qui ne se pose pas la question : « Que deviendrais-tu, malheureux, avec tes vingt sous par jour, si par hasard elle acceptait !... »

Un soir, elle l'accepta.

— Eh bien, c'est entendu. Demain, à la *Maison-d'Or*. A midi.

— J'y serai, répondis-je.

Le sang figé en mes veines, j'eus l'extraordinaire

force d'âme (où la puisai-je ? je n'en sais rien), de lui baiser le bout des doigts en murmurant : « Que vous êtes bonne ! » cependant qu'en ma tête martelée d'inquiétudes, naissait l'extravagant projet d'emprunter au père Lécuyer les cinquante francs indispensables au règlement de l'addition.

V

Comme par hasard, cet excellent homme, au même instant où je lui tombai sur le poil, était en train de faire des faux à la clarté blanche d'une lampe posée près de son coude, sur la table.

Si bien que mon entrée en coup de vent lui causa une révolution.

Un sursaut brusque l'avait mis debout et il demeurait, blême d'émoi, la dextre ouverte sur le sein gauche et contenant des palpitations.

— Mon Dieu, que c'est bête !... Mon Dieu, que c'est bête !...

Il avait cru que c'était les gendarmes, je pense. Il se remit tout de suite, d'ailleurs ; et le visage orné d'un sympathique sourire :

— Ah, ah ! c'est vous ! Salut à la jeunesse, dit-il.

Il questionna :

— Que puis-je pour votre service ?

J'exposai mes prétentions :

— J'ai une dame à déjeuner, demain. C'est une affaire de cinquante francs, dont je n'ai pas le premier sou.

— Diable !

— Alors, j'ai pensé que peut-être vous voudriez bien me les prêter. Je vous les rendrai, monsieur ; oh ! je vous les rendrai, je vous le jure ! Je vous donnerai par petits acomptes et...

Mais, transfiguré déjà, le père Lécuyer était devenu touchant.

Il répétait :

— Cinquante francs !..

— Et où voulez-vous que je les prenne ?... Que je vous prête cinquante francs ? moi ?... Mais depuis deux jours, pauvre enfant, je cours Paris pour les trouver !

Le larmoiement faisait partie de ses petits talents de société.

Il se mit, ce vieux crocodille, à pleurer de véritables larmes ; oui, de vraies larmes, plus grosses que des alcarazas, et qui tombaient de ses yeux, une à une, au point que j'en étais malade d'attendrissement.

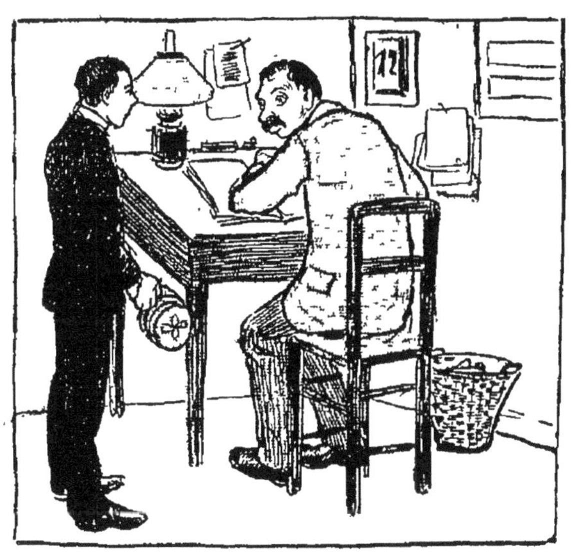

Je finis par lui dire :

— Ne vous chagrinez pas. Je sais bien que ce n'est pas le bon vouloir qui vous manque !

— Dieu !...

Et pour me montrer, en effet, combien il en était pétri, il me donna un vague conseil auquel je ne compris goutte, d'où il résultait qu'à ma place il eût fait, l'heure venue de la carte à payer, le monsieur éploré qui a perdu sa bourse et la cherche dans toutes ses poches, tandis que la dame insinue : « Voulez-vous un billet de cent francs ?... Vous me rendrez ça ;... cela n'a pas d'importance. »

Je vous dis que l'âme de cet homme était faite de fangeux limon !

Tout de même je sortis de chez lui Gros-Jean comme j'y étais entré, les mains vides mais l'esprit terriblement inquiet.

Je longeais, plein de mélancolie, le sinistre corridor qui desservait la Direction, quand se rouvrit soudain derrière moi la porte du père Lécuyer.

— Jeune homme !

— Hé ?

— Voyez donc Barthinet, au fait, me criait de loin le père Lécuyer.

— Barthinet ?

— Oui.

C'était l'auteur de la pièce.

— Mais c'est à peine si je le connais, objectai-je déjà blême d'espoir et aussi de l'envie de me laisser convaincre.

— Ça ne fait rien, reprit Lécuyer : c'est un très gentil garçon qui ne demande qu'à obliger. Il vous prêtera ça tout de suite. Vous le trouverez au café Courtois, au coin du passage Brady.

— Merci.

VI

Le café Courtois était un petit café de cabots où volontiers, après la représentation, ces messieurs des Folies-Modernes allaient manger une choucroute. Je les y trouvai au nombre de cinq, dont Barthinet, qui justement parlait du père Lécuyer. Au sein de l'allégresse générale, il contait la dernière de cet homme de bien : un truc de billets de faveur, qui n'en étaient pourtant pas, avec tous les airs d'en être, et qui passaient comme tels au contrôle, ne payant plus ni les droits de l'auteur ni le 10 p. 100 de l'Assistance Publique.

Un hasard avait amené Barthinet à mettre la main sur le cadavre ; d'où, entre lui et le père Lécuyer, une discussion dont il avait encore chaud et au cours de laquelle la botte du vaudevilliste s'était fâcheusement égarée dans le fond de la culotte du directeur.

Je compris alors l'insistance de celui-ci à me lâcher sur celui-là.

Barthinet qui me reconnut pour m'avoir vu quel-

quefois, au foyer, se montra charmant avec moi. Il me tendit la main, se rangeant, m'offrant une place à ses côtés sur le velours de la banquette.

— Qu'est-ce qui vous amène ?

— Une démarche plutôt bizarre, répondis-je, et pour laquelle j'aurais plaisir à m'entretenir une minute avec vous.

— Comment donc !

Déjà il prenait son chapeau.

— Bonsoir, messieurs !

Et me poussant doucement devant lui :

— Je demeure à deux pas d'ici ; vous allez me faire un bout de conduite. Nous bavarderons en marchant. Eh bien ?

— Eh bien, dis-je prenant le taureau par les cornes, cela est simple comme bonjour : voulez-vous et pouvez-vous me prêter cinquante francs dont j'ai le plus grand besoin ?

La stupéfaction qu'il montra me fit rougir jusqu'aux oreilles.

— Oui, je sais, c'est un peu... sans gêne. Mais je suis dans une situation dont il faut à tout prix que je sorte, Je ne sais à quelle porte frapper ; je me risque de frapper à la vôtre. Jeune homme, je vais à un jeune homme.

Puis, après un temps :

— Ai-je eu tort ?

— Oui et non, répondit Barthinet. Oui en fait, car je n'ai pas le sou ; non en principe, car votre façon de demander a une crânerie qui me plaît. Elle ne sent pas la sale carotte. Il est fâcheux que je sois si pauvre, sans quoi je me fusse fait un plaisir de vous donner vos cinquante francs.

Il ajouta :

— C'est pour faire une bêtise. sans doute ?

— Oui.

— Raison de plus. Quelle bêtise ?

J'exposai ma petite affaire. Lui écoutait avec une extrême attention, le visage un peu couché et le bras coulé sous le mien.

De temps en temps, à la clarté tombée sur nous d'un bec de gaz, je distinguais son fin profil et le rire muet de sa moustache.

Brusquement il n'y tint plus.

La nuque rentrée, le nez en l'air, le parapluie levé à bout de bras vers la lune :

— Ah ! jeunesse ! jeta Barthinet aux sonores solitudes du faubourg Saint-Denis. Non, les jeunes gens sont délicieux ! Il n'y a qu'eux pour s'aller fourrer dans des situations pareilles ! — Mon cher, voulez-vous que je vous dise ? Eh bien, si je savais où les prendre, j'irais les voler de ce pas, vos cinquante francs, rien que pour vous en faire cadeau :

Il ajouta :

— Du reste ce serait insuffisant.

Bouleversé :

— Insuffisant ! m'écriai-je !

Lui :

— Bien entendu.

— Vous croyez ?

Il poursuivit :

— Qu'est-ce que vous voulez faire avec cinquante francs ? Vous aurez déjà trente francs de fleurs. Oui, oui, vous aurez de la chance si vous n'en avez que pour cinq louis.

Il dit, rit, et devint rêveur, vaudévilliste en mal d'enfant, lâché toutes voiles dehors à la recherche de la scène à faire.

— Attendez donc... Attendez donc !...

Puis :

— Ça y est ! voilà j'ai trouvé. Vous allez à votre rendez-vous comme si de rien n'était.

« Votre amie arrive.

— Vous :

« Chère belle, voulez-vous me permettre ?... »

« Coût : les trente francs de fleurs en question, que vous avez fait acheter par le chasseur de la *Maison d'Or*.

« La dame s'exclame.

« Vous : « Ce n'est rien ! Vous allez voir tout à

l'heure. Je vous ménage une surprise sur laquelle vous ne comptez guère ! »

« A table, la dame se récrie sur la magnificence du menu, la délicatesse des mets. « Vous me traitez en reine », dit-elle. Vous : « Attendez donc la surprise ».

« Le dessert arrive, splendide!

« Il y a un bananier tout entier sur la table, chargé de bananes, que vous avez fait venir de l'Inde tout exprès.

« Cri de la dame : « C'est la surprise ? » Mais vous : « Vous vous trompez, madame; la surprise, vous allez l'avoir. »

Et là-dessus, tirant de votre poche un revolver de fort calibre, vous vous en faites sauter le caisson. Hein ! Voilà qui n'èst pas banal ! Qu'est-ce que vous pensez de ça ?

— Je pense, dis-je, que j'aimerais mieux que quelqu'un me prêtât cinquante francs.

Il pouffa.

— Pauvre petit diable ! J'ai l'air de me moquer de son histoire. Point du tout ; je la trouve au contraire touchante.

Il me heurta l'épaule, d'une bourrade affectueuse :

— Allons conclut-il, allons ! Ne vous découragez pas; la nuit vous portera conseil ; et il n'est point de situation si inextricable qu'on n'en sorte. Ça s'arrangera, allez. Bonsoir.

Et-là-dessus il rentra chez lui tandis que je rentrai, moi, chez moi, pensant avec un éloquent hochement de tête :

— Eh bien, me voilà joli garçon. Comment vais-je me tirer de là ?

VII

On dit de la solitude qu'elle est mauvaise conseillère.

Eh bien, et le mauvais sommeil ?

De deux heures du matin, heure où je me mis au lit, jusqu'au moment où j'envoyai promener le drap avec un geste désespéré, ah ! j'en écopai un, de sommeil !

Et quand je dis un, je suis modeste ; j'en écopai bien une quinzaine, de ces affreux petits dormirs qui vous brisent un monsieur comme une volée de coups de triques, où se trahit la préoccupation de l'âme, en solutions à la fois heureuses et si évidemment chimériques que vous n'y prenez même pas de soulagement passager.

Tantôt c'était un télégramme de Mlle Mariannet : « *Impossible de venir. Ne comptez pas sur moi.* » Ouf ! Mais à une seconde lecture il arrivait cette chose curieuse, que, sur le bleu pâle de son fond, le bleu des caractères ne se détachait plus, brusquement appâli lui-même, jusqu'à être devenu illisible. Moi, la vie petit à petit se faisant sa place dans le songe, je pensais : « Ce n'est pas naturel. C'est un cauchemar. Je dors, je dors. » Et je dormais si bien qu'à la même minute j'avais déjà cessé de dormir, la nuque dans l'oreiller et les yeux grands ouvert sur la tache livide de la fenêtre. Tantôt je me voyais quittant le restaurant, Mlle Mariannet au bras. La note acquittée ?... Ah ! voilà ?... Sans doute, pourtant ; encore que la question se posât à ma logique : « Par quelle main mystérieuse, alors ? » — Peut-être, aussi, avais-je, sans m'en être aperçu, conclu arrangement à l'amiable, ou bénéficiais-je de cette sérénité avec laquelle sait l'âme, dans le rêve, accueillir les événements du plus surprenant imprévu. Cette hypothèse, peu à peu, s'implantait en mon esprit, elle s'y développait en tache d'huile. elle finissait par hurler d'évidence. Et tout à tout : un carré pâle devant les yeux ; sous la nuque une tiédeur de plumes... L'affreux éveil encore une fois !

— Ah ! bon Dieu !

Je sautais, baigné de sueur, sur mes pieds.

— Quelle heure ? — Trois heures moins un quart !... Comment ! je n'ai dormi que deux minutes ?

Mais un cauchemar, surtout, persécutait mon sommeil, le hantait presque sans répit avec l'obstination d'une brute qui a inventé une bonne scie et vous en larde comme une escalope, tout vif : la pluie... — vous connaissez ça, — la pluie des pièces de dix sous qu'a semées par les trottoirs des rues une prodigalité folle ou une étourderie sans nom. C'en était une, d'abord, puis deux ; et puis cinq, et puis dix, et puis vingt, et puis cent ! Ravi plutôt qu'étonné, surpris seulement qu'autour de moi les passants demeurassent aveugles à cette manne bienfaisante visible pour moi seul, je recueillais les pièces de monnaie à pleines mains et je voulais les mettre en ma bourse, mais celle-ci débordait déjà de louis qui y étaient venus tout seuls, par l'intervention du Saint-Esprit. Alors j'emplissais mes poches, qui regorgeaient bientôt à leur tour. En sorte que, tremblant de joie, je commençais à me dire : « C'est assez ; j'ai maintenant plus qu'il ne me faut », quand insensiblement, par lentes gradations, la vision s'obscurcissait. Des inquiétudes s'emparaient de moi, la crainte d'être la dupe d'une hallucination mensongère... C'était la vie, un instant sortie, qui rentrait tranquillement chez elle, et, à travers une dernière brume de rêve, me jetait comme jadis le monstrueux Simon au pauvre petit Louis XVII :

— Tu dors, Capet ?

Et je ne dormais plus.

Quelle nuit !...

Certainement, dix fois au moins, je retombai en sursaut, du haut de ce même cauchemar, dans le réveil et dans les ténèbres de la chambre.

Je sais bien que j'eusse pu, au jour, télégraphier moi-même à Mlle Mariannet : « *Ne comptez pas sur moi ; impossible de venir.* » C'eût été la question tranchée. Mais le misérable orgueil des hommes ?... Il faut en tenir compte pourtant, depuis le temps qu'il régit le monde. Accepter que Mlle Mariannet pensât de moi ceci ou cela ? Consentir à ce qu'un soupçon de vérité put effleurer une minute sa perspicacité de rouée ?

Jamais !

A cette horrible supposition, je sentis se révolter en moi des tas de fibres chatouilleuses ; ce fut en ma vanité, que menaçait une blessure, une bousculade de sentiments tous plus bêtes les uns que les autres : la peur du qu'en-dira-t-on, le dédain haineux de ma jeunesse, la basse envie, est-ce que je sais ! Et notez — la question argent mise à part, supposée n'être point surgie, — que l'idée du seul-à-seul avec Mlle Marianne inquiétait mon ingénuité et troublait ma fleur d'innocence au point de me donner la colique ! Bah ! il n'est tels entêtements que les entêtements imbéciles, et c'est ainsi que j'en arrivai, malade d'insomnie, à la fin, et d'entêtement qui proteste, et d'impuissance qui ne veut pas en convenir, et d'aveuglement de parti pris devant les choses et les dieux, à jeter tout bas : « Si ! je le sais ! » à la voix, la mauvaise voix, lentement élevée près de mon oreille et y marmotant : « De l'argent ! Ne sais-tu pas où il y en a ? »

Il y en avait sous ma main, à deux pas, de l'autre côté de la porte.

Oh ! la pauvre boîte de bois blanc, sans un cadenas, sans une serrure, où reposaient, confiantes, les maternelles économies !

La tentation devint trop forte.

Je me levai... Je poussai la porte, qui ne cria pas. D'une main tremblante de voleur, je soulevai le couvercle de la boîte, et, à tâtons, je pris un billet de cent francs. Mais ça ne me porta pas bonheur. Trop de remords me prenaient à la gorge tandis que je retenais mon souffle pour mener à bonne fin ma mauvaise action, mêlés à des terreurs trop grandes d'être brusquement découvert. J'y gagnai une maladie de cœur, que je soigne en vain depuis trente ans, qui ne fait que croître et embellir, et dont je crèverai un de ces quatre matins, comme une simple bulle de savon

---

VIII

Arrivé au rendez-vous avec vingt minutes d'avance, je m'étonnai un petit peu qu'elle ne fût pas déjà là.

A mon entrée, plusieurs garçons s'étaient levés, empressés.

L'un d'entre eux s'approcha de moi, vint solliciter mes ordres.

— Monsieur déjeune ?

— Oui. Tout à l'heure. J'attends l'arrivée de quelqu'un.

Il s'inclina.

C'était en vérité un beau, un très beau monsieur, ce garçon.

Sa solennelle correction était celle d'un ambassadeur, et ses joues, à peine frottées d'une couche de favoris trop bruns, évoquaient une idée de tartines de caviar qu'aurait graissées la main économe d'une marâtre.

De son bras il me désigna une table à deux ; près de la tenêtre.

— Monsieur et Madame seraient tout à fait bien, ici.

Et Madame !...

La perspicacité de cet homme me combla d'admiration.

— Soit.

Je m'installai à sa table, et je dois dire que, cinq

minutes, j'y goûtai, dans toute sa douceur, l'impression de cette chose ineffable : le bien-être.

Ah ! Paris le matin, au soleil ! — J'en avais devant

moi la débordante allégresse, son grouillement de vies emmêlées, ses allées et venues d'ombrelles, ses reflets de beau temps dans les carreaux des fenêtres et sur les flancs vernis des fiacres : joie des yeux, qui se venait achever sous les miens, accrochée en mille paillettes aux minces filets des couverts, aux cristaux bizeautés des verres et des carafes, aux compliqués réseaux de métal emmaillotant l'outremer sombre des salières. En un même angle du plafond, le verre d'absinthe que j'avais demandé pour la forme et que faisait trembler près de mon coude le passage des omnibus chassait et maintenait un pâle tremblotement (quelque chose comme le vol, sur place, d'un papillon énorme et flou), et vraiment, cinq minutes durant, la vie m'inonda de ses charmes.

Surtout qu'ayant demandé à consulter la carte sous couleur de dresser mon menu, j'avais eu la joie de constater une certaine disproportion entre le prix marqué des plats et l'idée que je m'en étais faite. J'avais cru à au moins cent sous par rondelle de saucisson, en ma simplicité naïve. Grâce à Dieu, un simple coup d'œil m'avait pleinement rasséréné. Deux louis, trois à la rigueur, et c'était les choses faites plus que bien.

Le malheur cst que la belle invitée ne se hâtait point d'apparaître. Midi arriva, mais non elle ; puis le quart après-midi. Des étonnements, en mon esprit, commencèrent à s'agacer.

— Qu'est-ce qu'elle fiche ? Qu'est-ce quelle fabrique ?

Cinq ou six fois, devant le perron, des voitures avaient fait halte ; des portières, qu'avaient chassées par soubresauts des petites pattes gantées, de femmes, s'étaient violemment ouvertes ; mais toujours, hélas, sur des pattes, sur des tailles et sur des frimousses qui n'étaient point les espérées. Ah ! l'odieux supplice de l'attente ! et des ironies qui l'aggravent — les espoirs cent fois réveillés et qui cent fois se recassent les reins ; le cher petit soulier jaune bien connu, tout à coup déposé sur un marchepied de fiacre plus bas qu'une jupe aux larges losanges familiers... qui finit par être celle d'une autre ; et la gaîté contenue du garçon de café qui détourne de vous ses regards, crainte que vous n'y lisiez, comme en un livre ouvert, ces mots. dont le châtiraient sur l'heure des coups de botte exaspérés :

— Ah ! ah !... Encore un lapin !...

La demie de midi ayant sonné, l'homme aux favoris

de caviar vint à moi pour la seconde fois, et pour la seconde fois aussi, avec, du reste, la même déférence majestueuse qui m'avait tout à l'heure conquis :

— Monsieur, demanda-t-il, déjeune ?

Pour la seconde fois, à mon tour, et une brusquerie sur la lèvre :

— Pardon ! Je vous ai dit : « tout à l'heure ! » répondis-je.

Pourtant, comme il s'éloignait :

— Dites-moi, garçon. Personne n'est venu me demander ?

La compatissante discrétion avec laquelle répondit : « Non, monsieur », cet homme qui, évidemment, avait flairé le dessous des cartes et m'eût pu accabler de goguenarderie assassine, lui gagna toutes mes sympathies.

Plein de pitié pour ce pauvre diable, dont, en somme, j'accaparais une des tables pour une consommation de dix sous :

— Au fait, si ! Servez-moi, lui dis-je. Ce que vous voudrez, je m'en moque. Une côtelette, tenez ; et du brie.

Il dut ne pas rester fermé au sentiment qui m'animait, car, tandis qu'il poussait devant moi une assiette de fine porcelaine marquée au chiffre de la maison :

— Madame, glissa-t-il à mi-voix, s'est peut-être trouvée souffrante.

— Peuh !...

J'eus le geste indifférent du monsieur qui s'en bat l'orbite ; car je gardais encore l'espérance de la voir débarquer à l'instant où je ne l'attendais plus, me chercher, vaguement souriante, autour de soi. Seulement, lorsque se fût arrêtée devant une heure l'aiguille d'or de la pendule, les morceaux devinrent trop amers sous mes dents ; je sentis que maintenant elle ne viendrait plus ; que des choses extraordinaires avaient dû se passer depuis la veille.

Extraordinaires. oui ; mais lesquelles ?

Des folies me passèrent par la tête : des suppositions de l'autre monde, des visions de brusque maladie, de suicide, d'assassinat, d'enlèvement ; toutes extravagances ridicules, faites pour fermenter à souhait en une cervelle d'enfant impressionnable et bon.

Je luttai, mais une minute vint où je fus par trop malheureux.

— Garçon ! ma note ?

Mon dû soldé, je sautai dans une voiture.

Mlle Mariannet habitait boulevard Montmartre, 26, je crois, au troisième.

Je sonnai.

Une bonne vint m'ouvrir.

— Mlle Mariannet ?

— C'est ici.

— Puis-je la voir ?

— Elle est sortie.

— Sortie !...

— Oui, monsieur.

— Quand ?

— Ce matin.

— Ah.

Je pris un temps.

— Dites-moi,... Mlle Mariannet était-elle en bonne santé quand elle est sortie ce matin ?

— Oui, monsieur. Certainement. Pourquoi ?

— Pour savoir. — Et... vous êtes sûr, qu'il ne lui est rien survenu, depuis hier ? aucun contre-temps regrettable ? un accident ? un deuil de famille ? quoi que ce soit ?

— Pas que je sache.

— Merci. Au revoir.

— Monsieur, je vous souhaite le bonjour.

La porte retomba.

Je restai seul.

Comment, pas morte ? pas malade !...

Alors quoi ?

Pourquoi donc n'était-elle pas venue ?

IX

La journée s'acheva pour moi dans des transes intraduisibles, et je vous réponds que ce soir-là je filai de bonne heure aux *Folies !*

Au moment de tourner la rue du Château-d'Eau, dont le théâtre faisait l'angle, le taf me prit : j'avais eu la soudaine vision de la grille close, que flanque, de droite et de gauche, coupant diagonalement l'affiche du spectacle, un formidable et funeste

RELACHE

Une suée me monta aux tempes, et mon cœur travaillé de pressentiments funèbres se mit à trotter sec, si sec, en ma poitrine, que je dus prendre un court repos.

Rien de nouveau, du reste ; rien du tout. Comme toujours, encadrant le couronnement de la voûte qui aboutissait au contrôle, flambaient en caractères de feu ces deux mots FOLIES MODERNES, et au-dessous, inondé de lumière, se détachait en noir, sur le rose des affiches, le nom de Mlle Mariannet.

J'en soufflai laborieusement.

Le deuxième acte, justement, commençait. Par les minces à-jour de la barrière à claire-voie qui fermait le Café du Théâtre, m'arrivait l'aigu grelottement de la sonnette de l'entr'acte appelant sans se lasser au public.

Je me hâtai. Je pénétrai sur scène, par la communication, et ayant, d'une poussée discrète, chassé devant moi les tambours du foyer, je vis une chose qui me combla de joie.

La nuque mirée en la glace et reposant aux moulures d'un cadre malade de la lèpre rouge, Mlle Mariannet se faisait du bon sang.

Son talon gauche en équilibre sur le coude de son pied droit, elle allongeait entre l'écartement scabreux de sa tunique la royale magnificence de ses jambes habillées d'un trop pâle maillot ; et ceci devant trois cocodès qui lui faisaient leur cour à coups de saletés et, du regard, me la possédaient sous le nez, tranquillement.

Il faut le dire ; elle se montra avec moi, aussi charmante que possible.

Elle m'aperçut sitôt qu'entré, myope savante, aux yeux clignés sur la vie, tels des yeux fouilleurs d'antiquaire sur le détail, dont il ne faut rien perdre, d'un bibelot précieux et rare. Tout de suite elle tourna vers moi l'incertain sourire amusé qui lui traînait sur les lèvres, l'accentuant, à mon intention, d'un petit salut imperceptible.

Pourtant, comme je n'y répondais pas, elle s'étonna. Ses paupières ne furent plus que deux minces traits d'ombre, frangés de brun, et qui cherchaient.

— Ça ne va pas ? me cria-t-elle de loin.

Puis, sans attendre ma réponse, après un : « Pardon! une minute ! » jeté aux trois petits crevés, elle vint à moi, toujours souriante.

— Vous avez quelque chose à me dire ?

De cette voix où, sans aigreur, se plaignent les tendresses froissées :

— Marthe, vous n'êtes pas venue, reprochai-je.

Si simplement que l'idée ne put naître en moi, une minute, de mettre en doute sa sincérité :

— Venue ?... fit Mlle Mariannet. Où ça, venue ?

Je repris :

— Vous savez bien.

— Moi ?

— Souvenez-vous, Marthe !... dis-je encore. Hier au soir, voyons ?... A cette place ?...

Elle ne comprenait pas. Je dus spécifier :

— Vous aviez été si mignonne... Vous m'aviez fait espérer que nous déjeunerions ensemble.

Ce rappelé la jeta à une rêverie profonde. Deux ou trois fois, elle répéta, fouillant de bonne foi ses souvenirs.

— Ensemble ?... Déjeuner ensemble ?

Brusquement elle tapa l'une à l'autre ses mains ; sa bouche s'illumina d'une gaîté gamine :

— Tiens ! s'exclama-t-elle ; c'est vrai ! Ça m'était sorti de la tête.

Et là-dessus :

— Vous m'excusez, hein ? Je suis avec des messieurs.

Voila.

J'en avais pour cent francs, — puisés, Seigneur, à quelle source !... — pour vingt-quatre heures d'anxiétés, d'humiliations, d'affreuses angoisses ; et pour des semaines dont avait peuplé chaque instant la préoccupation unique d'être à Elle. Sans doute je n'avais point pensé qu'elle m'aimât (les enfants, tout à l'ardeur de se livrer, n'ont point de ces ambitions), mais enfin, si peu que ce fût, je croyais être quelque chose à sa reconnaissance attendrie, et si je lui avais fait, de mon cœur, une façon de nid douillet, c'était avec l'espérance qu'elle s'y sentirait au chaud.

Ah ! ouat !

Elle s'en foutait bien.

Je m'en rendis un compte si exact, que toute ma sensibilité regimba comme sous l'insulte d'une calotte. Je sentis s'effondrer bruyamment et se briser au fond de moi-même des infinités de petites choses, fragiles, fragiles, fragiles ; et mes yeux, soudainement ouverts, se fixèrent, épouvantés, sur l'infini de sécheresse, d'ingratitude noire et d'inconsciente férocité auquel peut, le sourire aux lèvres, atteindre une femme point méchante.

Cependant l'avertisseur, surgi sur le seuil du foyer, braillait depuis une minute, à en ébranler les carreaux:

— En scène, la commère ! en scène !

— J'y vais ! dit Mlle Mariannet qui enfin voulut bien se lever et gagner sans se presser la porte.

M'ayant heurté de son coude nu, au passage :

— Pardon ! fit-elle.

Et son sourire l'excusait, son sourire affectueux et doux, de chaque soir.

Le sang ne me fit qu'un tour.

— Saute dessus ! criait ma jeunesse bafouée.

— Etrangle-la ! hurlaient à l'unisson mes bons sentiments méconnus.

Je balançai entre l'étranglement et la simple paire

de gifles, après quoi, homme des demi-mesures, je pris un moyen terme : les larmes. Je filai à l'anglaise, sur la pointe du pied, et je gagnai la nuit d'un couloir, où, l'avant-bras au salpêtre d'un mur et le front sur le poignet, je pleurai longuement, tout bas, le bien perdu, les fleurs gâchées, et les perles jetées aux cochons.

LA PENDULE

I

— Lamerlette ! il me demande si je connais Lamerlette ! s'écria mon vieux camarade le peintre Théodore Maudruc, de la même voix qu'il se fût écrié : « Il demande si j'ai vu les moulins de Montmartre ou entendu parler de Christophe Colomb ! » Lamerlette ? Mais sache donc ceci, malheureux enfant que tu es, c'est que nous avons, lui et moi, fait ménage ensemble trois ans ! Nous en avions vingt, alors. Oh ! dame, ce n'est pas d'hier, encore que je le croirais volontiers, tant le passé est tout à la fois loin et proche.

Quel chic garçon, ce Lamerlette, et gentil, et bon cœur, et gai !...

Nous habitions rue Véron, sur la Butte, un petit atelier de trois cents francs qu'emplissait du matin au soir le vacarme de nos chansons et où nous travaillions au même modèle en nous chauffant du même bois.

Car nous étions terriblement pauvres, sais-tu ; sans le sou la plupart du temps et sans pain un peu plus souvent qu'à notre tour.

Un peu sceptique :

— Sans pain ? fis-je.

— Oui, mon cher, dit Maudruc. sans pain ; à telle enseigne que Lamerlette, bien des fois, dut aller faire le chapardeur chez un épicier de la rue Burq qui l'honorait de sa sympathie et s'était logé en l'esprit de le faire renier sa foi *républicaine*. De là, entre eux, des prises de bec qui assourdissaient le quartier. Lamerlette se défendait, parlait d'un sien grand-oncle tué à Jemmapes, et tout en braillant comme un âne il abattait de furieux coups de poings au hasard des sacs de lentilles, de haricots rouges et de pois secs qui parsemaient la boutique. Puis, quand il avait la poche pleine de ces légumes enlevés au vol dans le feu de la discussion, il concluait d'un mot énorme et cavalait, laissant l'épicier triompher sur le seuil de son épicerie et lui jeter de loin, dans le dos, une goguenarderie dernière

Oui, ah ! oui, c'en était un type, ce Lamerlette, et en voilà un, par exemple, qui peut se vanter de m'avoir fait rire. C'était le contraire du bon sens, ce garçon ; l'absurdité elle-même faite chair et poussée à de tels paroxysmes qu'elle en devenait démontante. Que de fois je le vis employer les deux sous qui composaient toute notre fortune à acheter des cure-dents, des épingles à cheveux ou des portraits de l'empereur du Brésil !

Il trouvait cela tout naturel et il le proclamait avec tant de candeur que je perdais jusqu'à la force de le blâmer.

Tout de même nous dansions devant le buffet ces jours-là, car l'épicier de la rue Burq n'était pas toujours en humeur de faire de la politique, et puis enfin il fermait le dimanche, ce brave homme ! Mais, bah ! c'était l'âge admirable où l'on vivrait sans boire, ni manger, ni dormir, l'âge où l'on vit parce que l'on vit, et qu'il n'y a pas à en chercher plus long. Ah ! la jeunesse !... la jeunesse !...

Il s'interrompit,

Du bout de sa brosse il posa un reflet de lumière en la prunelle du *saint Jérôme* qu'il peignait.

Et tandis que je le regardais faire, silencieux et intéressé, des meuglements lointains de cornets à bouquin peuplaient le calme de l'atelier, s'en venaient expirer par les lourdes tapisseries qui en masquaient, entre leurs loques vénérables, les murs au ton de chocolat.

II

— Au fait, dit-il tout à coup, t'ai-je jamais conté l'histoire de la pendule ? C'est cette mi-carême qui me la remet en mémoire,

— Ma foi, non, répondis-je.

Il reprit; :

— Eh bien ! écoute-la ; elle vaut la peine d'être entendue. Cela se passait justement un de ces jours d'effroyable dèche qui occupaient pour nous tant de place dans le mois. On nous eût mis. Lamerlette et moi, sous le pressoir, du diable si de nos goussets eût jailli seulement une pièce de six liards ! Nous avions déjeuné de quatre pommes de terre et commencions à nous demander si le destin n'allait pas nous contraindre à ne dîner que de leurs pelures, quand le père Zackmeyer vint nous voir.

Ce Zackmeyer était un vieux fripier de Montmartre qui vendait et achetait de tout, depuis des Diaz apocryphes jusqu'à des fers à repasser. Il fit le tour de l'atelier, inspecta sans souffler mot la nuée d'études et d'ébauches qui en habillait les murailles, et finalement déclara :

— Tout cela ne vaut pas un clou ; bien sûr non, ça

ne le vaut pas. C'est sec, ça manque d'intérêt et ça sent le pompier à plein nez. Ah! la la! en voilà de la sale peinture. N'importe, je suis un brave homme ; je ne veux pas être monté pour rien. Qu'est-ce que vous voulez de tout ça ?

— Douze cents francs, dit Lamerlette.

Zackmeyer ne s'émut pas.

Il dit tranquillement :

— Douze cents francs ? Je vous offre en quatre louis.

Nous acceptâmes aussitôt.

Zackmeyer, sur un coin de table, nous aligna donc quatre jaunets ; Lamerlette, de sa main droite, les chassa dans le creux de sa main gauche, puis dans les profondeurs de ses poches, où on les entendit s'abattre l'un sur l'autre avec le bruit d'une grêle d'or, après quoi il dit gravement :

— Il faut employer utilement un argent qui nous vient du ciel. Nous sommes aujourd'hui lundi gras, c'est bal à l'Opéra demain, nous allons nous offrir ça ; y a trop longtemps que ça me démange.

Au mot de « bal », le père Zackmeyer était devenu attentif.

— Parbleu, fit-il, voilà une admirable idée et véritablement vous jouez de bonheur ; j'ai chez moi un stock de costumes variés qui sont les plus jolis du monde et qui vous iraient comme des gants. Je vous les céderais pour un morceau de pain, histoire de vous rendre service.

Tout de suite ce fut affaire faite. Zackmeyer se chargea nos toiles sur les épaules et nous le suivîmes à sa boutique, où nous choisîmes nos costumes, de singes, je crois, ou de mousquetaires ; deux ignominies en tout cas, deux saletés rongées de vermine et d'usure qui valaient bien trente sous la paire et qu'il nous vendit vingt francs pièce. Encore jura-t-il hautement qu'il s'imposait un sacrifice et que nous serions des sans-cœur si nous ne lui payions le vermouth.

Quel vieux filou!

Nous le lui payâmes cependant, enchantés de notre acquisition et tout à l'idée du plaisir que nous procurerait le lendemain.

III

Ce même lendemain, à huit heures, un coup de sonnette me mit sur pied.

Je me vêtis, en prenant soin de ne pas éveiller Lamerlette (car le lit nous était commun, comme tout le reste,) et je me trouvai, ayant ouvert, en présence d'un garçon de recettes.

Cet homme demanda :

— Monsieur Maudruc ?

— Monsieur Maudruc, dis-je, c'est moi.

Il continua :

— Je viens pour toucher un effet.

— Un effet !

— Oui, monsieur ; un effet de vingt cinq francs.

— Eh ! il y a méprise ! m'écriai-je ; je n'ai souscrit d'effet à qui que ce soit ! Voulez-vous me permettre de voir ?

— Voyez, monsieur :

Et il me tendit le billet.

Je lus :

Paris, 1er décembre 1868.

Au 1er mars prochain, je paierai à M. Matraque, tailleur, ou à son ordre, la somme de vingt-cinq francs, valeur reçue en marchandises.

Théodore Maudruc.

11 *bis, rue Véron.*

Ah ! misère ! c'était pourtant vrai, et je me souvenais, enfin !

Oui, il était bien de moi, ce billet, souscrit à trois mois d'échéance, comme à une date illimitée, un jour que s'était fait sentir, de façon un peu trop pressante, la nécessité d'une culotte ! Et je contemplais, atterré, ce misérable bout de papier, cette loque graisseuse surchargée de griffes et de paraphes escortant le même avis fatal : « *Payez à l'ordre de... Payez à l'ordre de...* » qui se venait abattre lourdement, au milieu de notre petite fête, comme une grosse araignée dans un plat de crème.

L'homme me regardait en souriant. A la fin, il me dit :

— Vous n'avez pas les fonds ?

Je protestai :

— Si, je les ai ! Seulement, je ne vous cacherai pas que j'aimerais autant les garder.

Il eut un geste vague.

Je demandai, enhardi :

— Et, dites-moi, si je ne paye pas, qu'est-ce qu'on me fera ?

— C'est bien simple, répondit-il ; on vous prendra votre mobilier.

Entendant cela :

— Je paye, dis-je.

Et ayant, en effet, allongé vingt-cinq francs dans tout le désespoir de mon âme, j'en allai prévenir Lamerlette.

Lamerlette bondit du lit comme une fusée. Les yeux hors de la tête, il me saisit au col, m'abreuva de reproches, me traita de voleur, de canaille, de concussionnaire. Il dit que je payais mes dettes avec « l'argent des personnes », et que jamais il n'oublierait un tel excès de déloyauté.

Là-dessus il mit son pantalon et tomba à une prostration silencieuse. Vingt minutes il erra à travers l'atelier, rêvant, mâchonnant des rancunes, faisant halte de temps en temps pour compter et recompter dans le creux de sa main les dix-huit francs six sous qui nous restaient en caisse : toute une tragédie intime que je guignais du coin de l'œil en piquant d'une pointe de couteau un morceau de boudin qui chantait sur le poêle.

Nous déjeunâmes face à face sans échanger une parole ; mais comme je pliais ma serviette :

— Conviens, Maudruc, dit Lamerlette, que tu t'es conduit comme un mufle.

— J'en conviens, confessai-je avec une parfaite indifférence.

— Eh bien, continua-t-il, tu as un moyen de racheter ton improbité.

— Lequel ?

— Il nous manque vingt-deux francs pour payer nos entrées au bal : mets ta pendule au mont-de-piété nous aurons toujours douze francs dessus, et je me charge d'emprunter le reste à Zackmeyer.

Je m'exclamai :

— Jamais de la vie !

— Pourquoi ?

— Est-ce que tu te fiches du monde ? Une pendule que maman m'a donnée pour ma fête, et qui est le luxe de l'atelier !...

— Ça ne fait rien, reprit Lamerlette, mets-la au mont-de-piété tout de même.

La façon dont je hurlai : « Non ! » avec un geste qui sabra le vide, équivalait à un arrêt.

Lamerlette n'insista pas.

Sur la table débarrassée je juchai un moulage en plâtre du Discobole dont je me disposai à faire une étude peinte, et pendant un instant on entendit plus rien que le grincement aigre du fusain sur le grain de la toile tendue.

— Maudruc, mets ta pendule au clou, dit soudain Lamerlette qui me regardait faire, en me fumant sa pipe dans le dos.

— Tu m'embêtes, répondis-je, je t'ai dit non, c'est non.

Il souffla une bouffée de fumée et continua comme si de rien n'était :

— Mets-la donc au clou, ta pendule.

— Zut !

Impassible, il dit :

— Tu ne veux pas l'y mettre ?

Du coup, je me bornai à hausser les épaules, déterminé à ne plus répondre.

Mais lui, froidement, prit une chaise, et vingt

minutes durant, sans qu'une seule fois il s'interrompit pour reprendre haleine, il me persécuta, m'obséda, me larda, de la même phrase sempiternellement rabâchée et marmottée à mon oreille en lamentable faux-bourdon :

— Maudruc, mets ta pendule au clou ! Maudruc, mets ta pendule au clou ! Mets ta pendule au clou, Maudruc ! Dis, mets-la au clou, ta pendule ! Hé, Maudruc ! Maudruc ! mets ta pendule au clou !

Même il s'embrouillait à la fin, m'appelait Maudrou, puis Maudrule :

— Mets ta pendruc au trou, Maudrule ! Mets la donc au truc, ta pendrou !

C'était à en devenir enragé.

Je dus me rendre.

— Eh bien, oui, criai-je, je vais l'y mettre ; mais tais-toi, Lamerlette, tais-toi ! ou, nom d'un tonneau, je t'étrangle !

Il n'en demandait pas davantage. Soigneusement, dans de vieux journaux il enveloppa la pendule, et il me la logea sous le bras en me recommandant de faire diligence.

Déjà j'étais dans l'escalier.

— Il y a un clou rue Fromentin ! me criait Lamerlette, accoudé sur la rampe.

IV

Or, je dégringolais la rue Germain-Pilon quand quelqu'un me barra la route.

Je levai le nez et je vis...

Non, devine un peu qui je vis ?

Maman ! maman elle-même, qu'un hasard amenait en course dans le quartier.

Hein, c'en était une, de malechance ?

Elle était très gentille, maman, en ce temps-là ; de dix ans plus jeune que son âge et grosse comme deux liards de beurre, mais maîtresse femme, je t'en réponds, et entre les mains de laquelle, tout grands gaillards que nous fussions, papa et moi ne pesions pas lourd.

Elle dit :

— Ah ! te voilà, toi ; et il faut que je te rencontre pour savoir comment tu te portes. Pourquoi n'es-tu pas venu nous voir tous ces temps-ci ? Qu'es-tu devenu ? Qu'as-tu fait ? Si ce n'est pas honteux, à ton âge, de ne penser qu'à l'amusement. Va, tu es bien le fils de ton père ; ta tante me le disait encore hier soir.

Et patati, et patata.

Elle m'étourdissait.

Vainement je tentais de placer un mot :

— Voyons, maman ! Voyons maman !...

Peine perdue ; elle allait toujours ; et les passants se retournaient, amusés et surpris un peu d'entendre ce carabinier appeler « maman » d'un air d'écolier pris en faute, un petit bout de femme qu'il eût pu prendre entre deux doigts et mettre tranquillement dans sa poche.

Enfin, pourtant, elle se calma et consentit à se laisser embrasser.

Puis :

— Que tiens-tu là ? demande-t-elle.

— Ce sont des livres, répondis-je avec une agréable audace ; oui une véritable occasion : *l'histoire des peintres primitifs*, en trois volumes, que je viens d'acheter chez un bouquiniste.

— Des livres ! dit maman. très flattée ; est-ce que tu deviendrais raisonnable ?

Moi, là-dessus, je voulus faire l'intéressant et je commençai de me dandiner, disant qu'on s'était fort mépris sur le fond de mon caractère, que j'étais le monsieur le plus sérieux du monde avec mes airs de me ficher de tout, que le travail avait toutes mes veilles, et cætera, et cætera. Et juste comme j'en étais là, voici tout à coup — ô stupeur ! — que *l'Histoire des peintres primitifs* sonna trois heures sous mon bras.

Maman me regarda ; je regardai maman ; nous nous regardâmes, maman et moi.

Oh ! dam, je crus à une calotte ; pour ce qui est d'y croire, j'y crus, car je lui savais la main leste. Mais sans doute mon air idiot la désarma.

Et avec un haussement d'épaules :

— S'il est permis, mon Dieu ! avec une barbe pareille, d'avoir aussi peu de raison.

— C'est ma pendule qui est là dedans ?

— Oui, maman.

— Tu l'allais mettre au mont-de-piété, je parie ?

— Oui, maman.

— Tu n'as plus le sou !

— Non, maman.

— Ah ! mon Dieu.

Ce fut tout.

Elle tira sa bourse.

— Tiens, voilà deux louis, grand serin, Tâche au moins que ça te profite.

Cinq minutes plus tard je réintégrais l'atelier à la manière d'un obus.

— Lamerlette, criais-je, v'là deux louis ! et voilà aussi la pendule !

Lamerlette n'y comprenait rien. En trois mots, je le mis au fait.

Alors, nous nous prîmes par les mains et nous nous mîmes à danser comme deux énergumènes en braillant à tue-tête :

— Vive la joie ! Vive la vie ! Vive le père Zackmeyer ! Vive la mère Maudruc !

Il se tut.

Il rétrogada de quelques pas, clignant des yeux pour mieux juger l'aspect de sa toile.

Mais, à ses hochements de tête, je le sentais rêveur, la pensée à cent lieues de là, partie à la chasse aux souvenirs.

Et par trois fois, du bout de ses lèvres serrées :

— Jeunesse ! Jeunesse ! Jeunesse ! murmura-t-il.

TABLE DES MATIÈRES

Fontenay-aux-Roses. — Imp. Louis Bellenand

2515-05. — CORBEIL. Imprimerie ÉD. CRÉTÉ.

www.ingramcontent.com/pod-product-compliance
Ingram Content Group UK Ltd.
Pitfield, Milton Keynes, MK11 3LW, UK
UKHW021005200726
13857UKWH00004B/1281

9 782012 871885